KB203453

꽃이 걸어오자 산이 붉어진다

이 도서의 국립중앙도서관 출판예정도서목록(CIP)은 서지정보유통지원시스템 홈페이지(http://seoji.nl.go.kr)와 국가자료종합목록 구축시스템(http://kolis-net.nl.go.kr)에서 이용하실 수 있습니다. (CIP제어번호 : CIP2020013892)

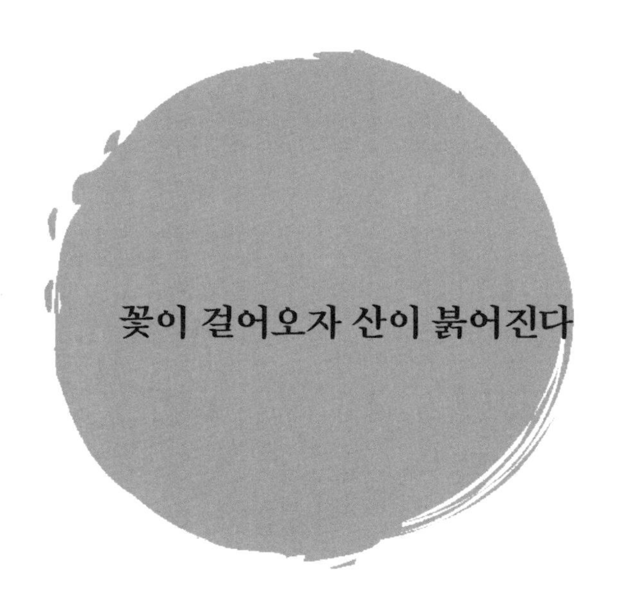

꽃이 걸어오자 산이 붉어진다

노금선 시집

31

시와정신시인선

시와정신사

■

시인의 말

눈 뜨면 제일 먼저 떠오르는 사람
세상에서 가장 소중한 사람
잠시만 떨어져 있어도 그리움이 가슴에 툭 떨어지는 사람
날마다 초록빛 산자락에 흐르는 샘물처럼 사랑으로 다가오는 사람
저녁 잠자리에 들면 제일 먼저 기도하는 사람
이 세상 다 하는 날 마지막까지 부르고 싶은 사람
곁에 있어도 그리움으로 가슴이 저리도록 보고픈 사람
사랑이라는 이름으로 부르고 싶은 사람
따뜻한 가슴으로 사랑의 모닥불을 지펴주는 사람
겸손과 미덕으로 기꺼이 봉사하는 사람
사랑이 무엇인지 정말로 알고 있는 오직 한 사람
그런 당신이 나는 너무 좋습니다.

2020년 봄
노금선

차 례

___ 제1부

___ 제2부

___ 제3부

제1부

가을 강

조약돌 투명한 가을 강에
나를 씻는다

덕지덕지 붙어 있는
영혼의 때 씻어버리면
물보다 더 맑은 세상 보이고
풀빛 기쁨 넘친다

겸손치 못하고
절제하지 못한 채 살아 온
오만과 방종 다 씻어내고
텅 비어 더 없이 깨끗한
가을 강

내 영혼 어디쯤에도
이렇게 맑은 강 흐르고 있을까

꽃멀미

짧은 환상의 빛으로 다가와
황급히 떠나가는 저 영혼

찰나의 청춘
서럽도록 아름다운
청춘이 있었다

안개인 듯
구름인 듯
환생인 듯 피고 지는 꽃차례에
내 마음 늘 울렁이고

그대 꽃 입술 바라보면
어느새 말갛게 씻겨 내리는
마음결이 보인다

사랑하는 이여
천만년 살기보다
한 순간을 살아도

황홀하게 피었다 가고 싶구나

꽃 다 진 등걸에 걸터앉아
아직도 나는
꽃 멀미에 취해 운다

겨울 산

겨울 산을 오른다
허공으로 가지 내몰며
찬바람 앞에 당당하게 맞선
속살 환히 드러내놓고
의연하게 서 있는 가지 끝
작은 눈들의 경이로운 표정

어둠 내리면
나무들 제 모습 다시 거두어
뿌리로 내린다
기다림의 긴 시간을 위한
묵언의 기도

인고의 시간 없이 채워지는
축복 어디 있으랴

초록빛 싹눈 나와
푸른 깃발 나부끼는 날 꿈꾸며
겨울 산 조용히 나래를 접는다

겨울나무

흘러가는 것들은 다시 돌아오지 않는다
시간 구름 강물 사랑도
떠나간 자리 그 언저리엔
새로운 것들 쌓여 다시 흘러가리라

영원히 돌아오지 않는 것은
얼마나 기막힌 아름다움인가

그대와 내가 이 세상 인연으로 다할 수 없어
다시 만나야 한다면
겨울나무로 만나고 싶다
설화 흐드러지게 핀 나목의 가지
마음 등불 하나 걸어놓고
삭풍에 흔들리며 대화 나누는
겨울나무처럼 만나고 싶다

백설 불어오는 동짓달 초사흘 달빛 아래
서로 보듬어 안고 당당하게 서있는
겨울나무처럼 그렇게 만나고 싶다

가을 기도

가을 숲에 나를 담근다
김장 배추 절이듯
젓갈 삭아지듯
푹 삭으면 좋겠다

한평생 살아도
비워내지 못한 영혼의 앙금들
막힌 혈관 청소하듯
다 쏟아 놓고
간곡한 기도 드리고 싶다

가슴 깊이 간직한
풀잎 하나
살포시 고개 들어
빈 가지에 걸린다

포도

보랏빛 향기가
스무 살 여자 같다
한 알 입에 넣으면
입 안 가득
새콤한 바람이 일고
옹달샘이 고인다

한 해의 삶도 늦가을 근처
포도당 같은
너를 씹고 있으면
어질어질
술에 취해 돌아가는
행복한 세상 만나고

가을 햇살 한줌에 남는
넉넉한 풍요를 배운다

인간관계

유리 그릇 만들고 싶어
공방에 드나들기 수십 개월
드디어 예쁜 그릇 하나 만들었다
아끼며 잘 관리하다
부주의로 놓친 순간 산산 조각 나버렸다
깨진 조각 주우려다
손가락 다쳐 한동안 고생했다

사람도 그렇지
서운한 말 한마디로 무너지며
상처 입고
상처 입은 마음 또 다른 사람에게
더 큰 상처 준다
한 번 놓친 유리그릇처럼

현미경으로도 보이지 않는
작은 바이러스에
온 몸 무너지듯

생쥐 한 마리 파 놓은 구멍에
거대한 담장 무너지듯
인간관계도 그렇다

작은 것에 끝없는 관심과 배려로
사랑 나누어야 하리

생명의 신비

시멘트의 단단하고 견고한 살을 뚫고
보잘 것 없는 풀 한 포기 자란다
눈에 보이지도 않는 작은 풀씨 하나가 떨어져
생명의 꽃 피우는 위대한 일

그러나 사람들은 찬사를 보내지 않는다
쓸모 없고 보잘 것 없는 것이기에

초라하고 왜소한 것들도 저마다의 이름표를 갖고 있다
명아주, 파랭이, 참비름, 강아지풀 같은 아름다운 이
름을
흙먼지에 매연 차량들의 소음까지 다 삭히면서
밟히며 쓰러지며 더러는 뽑히면서
더듬거리며 또 다른 풀들에게 생명을 이어 나간다
가장 강한 것과 가장 부드러운 것의 공존
가장 거대한 것과 가장 왜소한 것의 대비

생명의 힘은 위대하고 또한 잔인하다

봄날

미루나무 꼭대기
빈 둥지
봄빛 스며들고
초록 이랑에 번지는
햇살이 곱다

솔잎 스치는 바람 소리
파도 되어 산을 덮고

들리지 않는
땅속 반란

내 가슴에도
새로 찾아온 사랑이
기지개를 켜며
반란을 꿈꾼다

늘 처음처럼 설레는 봄
산 속의 새 한 마리
누군가를 부르고 있다

화실에서

그림은 그리움
그림은 영혼의 노래
그림은 인간적인 오해
상상이 멋진 사랑의 포로

그리움을 그리자
사랑을 그리자
그리고 나를 그리자

오직 하나뿐인
내 영혼의 간곡한 기도를
점으로 선으로 찍어 나가자

진실은 진실할 때
가장 아름다운 것
그림 속에 담긴 마음은
천년 세월 후에
또 다른 영혼을 깨우며
새롭게 태어나리라

한 해를 보내며

머문 듯 가는 세월이
꼬리 감추는 십이월
살아온 세월이 묻는다
지금 어디 있느냐고

잘 살아왔고
열심히 살아왔노라고
자신 있게 대답할 수 없어도
더는 후회 말자
더는 뒤돌아보지 말자

삶은 매일이 소중하고
순간이 영원한 것

하루가 쌓여 만들어지는
몇 겹의 세월 속에
물안개처럼 사라지는
찰나의 인생

슬퍼하고 후회하며 살기엔

너무 짧은 순간들

한 해를 보내는 마음은
만선의 희망을 안고 바다로 나가는
젊은 어부처럼
당당해야 한다
꿈과 기쁨의 파도로
출렁거려야 한다

아름다운 날들

노인요양원에서
죽음과 놀고 있는 노인들

며칠 전엔 황할머니
어제는 박할아버지
내일은 또 누군가 가시겠지

환절기 유독 많은 이별을 보며
누구도 울지 않는다
죽음도 삶의 일부분
언젠가는 내 차례가 올 테니까

불면증에 잠 못 이루신다는 할머니에게
영양제 드리며
잠 잘 드는 수면제라 말했더니
그날 밤 할머니 불면증은
꿈나라로 가고
아침 기분 좋은 얼굴로 대한다

감기 걸린 할머니

도라지 효소 따뜻하게 드리면서
감기 특효 한약이라 말했더니
며칠 후 기침 멎은 채
커피 한 잔 선물로 주신다

죽음이 마실 나간 아름다운 날들

바보 여자

운명처럼 만난 남자
허구한 날 싸움질
맞고 사는 설움 서글퍼

아이들 크면 이혼한다 참아내고
중학교 가면 이혼하자 밀어두고
군대 가면 이혼한다 큰소리치다
딸아이 결혼 시키면
정말로 이혼한다 맹세까지 했건만
결혼 생활 삼십 년
아직도 사는 바보 여자

새벽 두 시
들어오지 않는 남편 기다리니
가슴 속 타는 냄새 넘어오고
마르지 않은 눈물
둑 터진 강물처럼 흐르는 밤

바람과 꽃

봄비 그친 숲
다투어 꽃망울 터지고
겨우내 숨어 있던
그리움 하나
꽃망울 단 채
진통하는 밤

보고 싶다
그립다
이 보다 더 간절한 말
있을까

돌아서면
금세 찾아오는
그리움 하나
오직 그대에게 향하는
마음 안테나
세포 하나하나 젖어
머릿결까지 스며드는 공허

이제 바람과 꽃의
만남이 시작된다

잔설

하얀 머리 풀어 놓고
잠자고 있는데
언 땅 헤집고
눈치 보며 얼굴 내민
연두 빛 새싹
얼른 가랑잎 모아
덮어주었다

설잠 자는 아이처럼
실눈 뜨고 누워있는 밭이랑
봄기운 흠뻑 뒤집어 쓴
속살이 곰실거리고

짧아서
바쁘고 설익은 이월 속에
봄이 기웃거린다

공작선인장

너는 사막의
슬프도록 아름다운 눈동자

태양을 먹고
별을 먹고
고독과 기다림 긴 시간을 살라

태양보다 붉은
별보다 빛나는
아픔으로 키워 놓은
진홍빛 마음

사랑 없이 산다는 건
인생을 모른다는 것

외로운 밤마다
사막을 파서 물을 만들고
가시 옷 적시며
부드러운 속살 돋아내는
그 또한 사랑

인동초

긴 세월 숨겨 둔
그리움 한 그루
사랑 가득한 몸짓을 하고
아름다운 향기를 뿜고 있다

겨울 햇살 한 움큼 쥐고
봄 소리 들리던 날
얼음장 밑 흘러가는 물소리
유난히 맑았다

긴 겨울 밤
기다림에 목이 마르고

내 삶의 모든 것은
당신을 만나기 위한
작은 몸부림이었다

맨드라미

어디에 계시다
이 늦은 황혼 들녘
높은 벼슬모자
붉은 훈장 달고
당당하게
서 계시나요

저 혼자 무게도 감당하기
어려운 숲 속
엊그제 내린 찬 서리
잎 떨구고 서 있는데

하늘거리는 들국화
유혹 뿌리치듯
저만치 앉아
나를 부르는 당신

그리움도 서러움도
다 내려 놓았건만
아직도 남아있는

가슴속 뜨거운 신화

언젠가는 다시 돌아가리

북녘에 두고온
내 고향
하늘 마당으로

그대 생각

그대 향한 생각
파도처럼 밀려와
가슴 저리니
환한 봄날조차 눈부시게 서럽다

알 수 없는 신비
불면으로 이어지는 갈증
강물처럼 흐르고

눈부신 아침
쏟아지는 달빛이 서러운 것은
오직 그대 때문
죽음조차 갈라놓을 수 없는

사랑은 축복이다

어떤 죽음

가난 때문에
초등학교 졸업장 못 받고
형제들 많은 탓에
젖배 곯아 허기진 채 성장한
키 작은 어른

구두닦이에서
양화점 사장이 되기까지
눈칫밥 먹고 살았다

손톱 무좀 곰팡이 균에
썩을 때까지
구두쇠로 살다 보니
부인은 떠나고
자식조차 외면하네

지천명 나이에 돌아보니
살아온 세월 서러워
엄동설한 문 걸어놓고
목매어 자살했다

동자신 선녀신 내려 굿하며
어려운 이웃
신세 운 풀어주던 땡초야

부디 다음 세상에
축복받는 영혼으로 태어나거라

제2부

아마

어디에도 고이지 않고 막히지 않은 채 흘러가는 강물처럼 내 사랑은 늘 그렇게 흐릅니다. 조약돌 깔린 길목에서 도란도란 이야기도 나누고, 깊은 여울목을 지날 때는 침묵으로 흐르다가, 피할 수 없는 낭떠러지에서는 숨 가쁜 탄성 지르며 힘차게 흘러갑니다. 비록 물안개처럼 찰나의 인생이지만 한 순간이라도 후회 없이 살아가고 싶습니다. 구름 속에도 당신의 모습 보이고 바람소리에서 당신 음성이 들리는 건 사랑 때문이겠지요.

침묵 속에서

앙상한 가지에 걸터앉은 태양이 이제 막 산 아래로 뛰어가고 있는 오후, 언젠가 벚꽃 흐드러지게 핀 봄날 벚꽃 옆에 차를 세우고 바람 한 점 없는 석양을 바라보았습니다. 겨울은 침묵으로 자연을 가르쳐 주었고, 새로운 계절을 위해 가슴을 비워주고 떠났습니다. 그 긴 침묵 속에서 기다리는 법을 배우고 있던 나무들이 환한 등불 켜 들고 별빛 같은 꽃송이들을 달아 놓았습니다.

기다림 없이 채워지는 것은 어디에도 없겠지요.

태양은 사라지고 붉은 노을 속 나무들의 그림자만 애절합니다. 이제 나도 집으로 돌아가 나무처럼 기다림을 배워야겠습니다.

초록

산까치 한 마리 날아간 하늘에 파르르 파문이 돋아납니다. 이렇게 포근한 날은 그리움도 아지랑이처럼 밀려오네요. 어느덧 양지바른 언덕에는 파란 싹눈이 곰살거리며 고개를 내밉니다. 저렇게 성급하게 올라오다가 아직 물러나지 않은 동장군에게 끌려가고 말겠지요.

앞산 중턱에서 딱따구리가 따악 딱 나무를 쪼며 조용한 산을 흔들고 있습니다.

내 사랑이 당신을 흔들 듯, 당신 사랑이 나를 쪼개듯.

매일

삶이란 매일 같아 보이지만 전혀 다른 날들이 끊임없이 이어집니다. 그리고 지나고 나면 별로 다를 것 없는 날들이기도 합니다.

무엇이 우선 되고 무엇을 위해 살아야 하는지 곰곰이 따져보면서 살아야겠어요. 될 수 있는 한, 일은 최소한으로 줄이며 책 읽는 일과 묵상하는 시간을 늘려 내 영혼의 안식에 투자하려 합니다. 자주 자연으로 나가 영혼의 찌든 때도 걸러내기도 하면서요. 자질구레한 일상의 유혹을 물리치고 내면의 소리에 더욱 귀 기울여야겠습니다.

언제, 어디서, 어떻게 죽음이 찾아오더라도 최소한의 후회만 남도록 말입니다.

다시, 동백으로

신은 죽음이 가까워진 나이에 세월을 더 빨리 지나가게 하여 죽음을 미처 떠올리지도 못하게 만드는 것 같네요. 더 늙은 훗날, 후회하지 않으려면 사랑만큼은 잊지 말고 고이 간직해야겠지요.

사랑하는 그대여, 봄바람 한 움큼 흩뿌리며 봄이 옵니다. 떠나간 겨울이 은빛으로 수놓았던 산천에 오늘은 황사가 꽃망울 뒤덮으며 흩날리고 있습니다.

3월의 끝에서 동백꽃은 시들기 전에 땅에 뚝 뚝 떨어집니다. 떨어진 채로 며칠을 더 붉게 타오르다 퇴색되지요.

동백나무는 1년 365일 푸른빛을 잃지 않다가 겨울이면 붉은 꽃을 피워내고 그러다 봄이면 사무치게 그리운 님 따라 붉게, 붉게 떠나갑니다.

내가 세상을 떠나게 된다면 동백꽃처럼, 죽어서도 얼마 동안 그대 향한 마음 간직했다가 또 다시 그대 곁에서 동백으로, 끊임없이 피고 질 것입니다.

재생의 시간

사랑은 그리움을 주고, 그리움은 기다림을 만들고, 기다림은 또 하나의 사랑을 만들어 갑니다.

밤새 뒤척였습니다. 몸은 피곤한데 영혼은 무엇을 갈망하는지 새벽녘까지 잠 못 들고 환상의 먼 나라로 끝없는 여행을 떠납니다. 단비를 맞아 온통 초록의 불바다를 이룬 자연 속에서 자연이 되어 흘렀던 시간이 황홀한 기억으로 남아있습니다. 사랑이란 언제 어디에서나 구름이 되어 나를 감싸안고 흐르는 나의 분신인 것을 이제야 알았습니다.

춥고 외롭게, 고독만 길게 깔려 있던 어둠을 지나 꽃 피고 새 지저귀는 새로운 세계를 찾았습니다. 나는 사랑을 통해서 행복해질 수 있게 되었습니다. 절절한 사랑, 가슴에 울림을 주는 명시名詩, 가슴 흐느끼게 하는 애절한 사연과 함께 나는 날마다 다시 태어나고 있습니다.

수심

분명 열심히 산을 오르며 살아왔는데 고개를 들면 아직도 올라야 하는 길이 까마득하기만 하다니, 삶은 도무지 끝을 알 수 없는 산행 같습니다.

인생의 끝자락에서 우리에게 주어진 산과 강을 모두 넘으면 무엇이 남을까요, 또 무엇을 얻을까요.

은빛 비늘 반짝이는 호수에서 우리 영혼이 수장되는 것을 나는 보았습니다. 어린 생명들이 새로운 세계에 눈뜨며 저마다 형용할 수 없는 빛으로 출렁이는데, 나는 당신을 끌어안고 깊이를 알 수 없는 물속으로 뛰어들고 싶었습니다. 아니, 나는 당신과 나를 그 호수에 이미 수장시켰을지도 모르겠습니다.

또 하루가 갔습니다. 살아온 날이 늘고, 살아갈 날이 매일 하루씩 줄어드네요. 머지않아 이토록 뜨겁게 타오르던 욕망도 사그라지겠지요. 추억의 조각들도 희미하게 기억 저편으로 사라지겠지요. 회상조차 할 수 없는 나이가 되면, 흐린 시력으로 당신 얼굴을 더듬어야하는 나이가 되면, 이 그리움도 바람처럼 사라질 테지요.

안개처럼 사라지는 것들을 남겨두기 위해 나는 오늘

도 이렇게 쉼없이 씁니다. 살아 생전에 몇 권의 책으로 남겨 사랑하는 이들의 가슴에 심고 가려고….

홀씨 되어

눈부신 햇살 속으로 민들레 홀씨가 날아갑니다. 이 세상에서 가장 가볍고 작은 꽃씨 하나 날아가 뿌리 내리는 곳에 노란 민들레가 피어납니다.

이 우주 안에서 우리는 민들레 씨앗처럼 뿌리 내릴 곳을 찾아 떠돌며 살아가지요. 아주 작은 것들에게도 소중함을 배우며 우주보다 큰 사랑을 품어봅니다.

책을 읽다 그만 잠들 시간을 놓쳐버렸네요. 그저 이렇게 책이나 보고 사랑하고 글 쓰며 살면 얼마나 행복할까요.

무더운 이 계절도 밤이면 여린 바람이 창을 스쳐 지나갑니다. 마치 당신이 다가와 창가를 서성이는 것만 같습니다. 누구일까요. 날마다 이 마음의 창 열어 바람을 불어넣는 이는.

엎드려 글을 쓰다 거울을 보니, 누워있는 내 얼굴이 오늘은 더욱 마음에 들지 않습니다. 내일은 물오른 수목처럼 파릇파릇 싱싱하게 하루를 맞아야겠습니다.

당신이라는 바람

견딜 수 있을만한 무게로 나를 누르는 절망, 허무, 갈등의 감정들 속에 공중에 매달려 줄타기하는 곡예사처럼 매일을 살아가고 있습니다. 짜증스럽고 우울한 회색 도시 안에 노랗게 핀 민들레가 꼭 당신인 것만 같아서 나는 어느 곳으로도 떠나지 못하는지 모르겠습니다.

표류하는 언어의 강물에 낚싯대 드리우고 사랑의 언어들을 건져 보지만 이 마음 표현할 단어를 낚을 길이 없습니다. 바닥이 보이는 마른 저수지에 낚싯대를 드리운 어리석은 강태공처럼, 실은 바보 같은 생각을 한 것이지요. 그런 단어를 찾을 길이 없으니 말입니다.

영혼이 메말라 있으면 시는 떠나고 맙니다. 반대로 충만한 풍요 속에서 날마다 포만감에 취해 있어도 시는 정착을 거부합니다. 깊은 밤, 불면의 시간 혹은 영혼이 안식하는 시간, 고요함 속에 시는 소리 없이 찾아와 친구가 되어주곤 합니다. 내 영혼이 사랑에 젖어 풍요를 누리는 요즘은 시의 말꼬리 찾기가 여간 어렵지 않네요. 대신 나는 풍요로운 행복 속에서 다시없을 이 마음을 즐겨 보렵니다.

모두가 다 내 것이 되네요. 우주까지도 내 것이 되는 것만 같습니다. 한 줄기 바람에도 견딜 수 없는 감정이 밀려듭니다.

유월

신록이 제법 성숙한 모습을 띄고 있습니다. 짙은 옷으로 갈아입고 더욱 울창하게 모습을 달리하네요. 붉은 장미가 피고 지고, 흰 구름 목화처럼 피어나는 유월. 그 옛날 가슴 찢어지게 아팠던 산야의 흔적은 이제 없지만 가슴에 물든 아픔의 상처는 시간이 갈수록 깊게 돋아납니다.

유월이 오면 잊히지 않는 그리움들이 사무치게 나를 파고듭니다. 북한 땅에 계셔서 육십 평생 소식조차 모르는 어머니, 그 어머니 생각이 나이가 들수록 더 큰 그리움으로 자라고 있습니다. 달빛은 구름에 잠겨 울고 별들은 모습을 드러내지 않는, 이런 밤에 그리움도 따라 짙어져가고 있습니다.

밤의 사공

바람 한 점 불지 않는 후덥지근한 날입니다. 때때로 이런 날엔 휘파람을 불곤 합니다. 가볍게 기분을 전환하기 위한 조금 유치한 방법일지도 모르겠습니다. 음악을 크게 틀어놓고 왈츠라도 추거나 매운 고추장에 밥 비벼 먹으며 얼굴을 붉혀도 좋고요.

오늘 아침엔 감사기도를 드렸습니다. 늘 기쁘고 감사한 날들을 만들어 주시는 소중한 당신의 모든 것을 위해서요. 벅차오르는 매 순간의 삶, 사랑으로 포장된 모든 것들이 내게 주는 경이로운 희열로 고여 듭니다. 언젠가는 이 소중한 사랑을 놓고 눈 감아야 하겠지만, 가버린 날을 헤아리지 않고 오지 않을 내일을 기다리지 않으며 매일, 오늘을 소중하게 가꾸며 살아가고 싶습니다.

밤이 깊어 가네요. 감당할 수 없을 만큼 큰 축복으로 채워지는 우리의 강물 위로 오늘도 힘차게 노 저어 가겠습니다.

안개로 쓰다

산은 오늘도 하염없이 내리는 비에게 자신의 모든 것을 흘려보내겠지요. 이렇게 혼자가 되는 시간이면 나는 간절히 당신을 원하는데, 사랑보다 더 강한 운명의 굴레가 우리를 가로막네요.

가까이서는 보이지 않다가도 멀리 보아야 선명하게 다가오는 안개처럼 우리 사이에도 안개 같은 것이 늘 자리 잡고 있는 듯합니다. 그 안개 속을 휘젓고 들어가 목숨 다해 사랑할 수밖에 없는 운명 앞에 좌절할 때도 있지만, 그럴 때마다 온전히 나를 비우며 시를 쓰곤 합니다. 그리하여 내가 살아있다는 것을 알고, 숨을 쉴 수 있는 것이지요.

산을 감싸고 흐르던 안개가 숲속으로 숨어버렸습니다. 내 마음의 안개도 걷히기를 바랄 뿐입니다.

미끼를 달며

많은 시인들의 시를 읽어도, 맛깔스럽게 다듬어진 시를 만나기가 참 어려운 일입니다. 입맛에 맞는 잘 익은 시 한편 건져 올려 읽기만 해도 편안해지는 그런 시를 쓰고 싶습니다.

의식의 다비 끝에 얻어지는 영롱한 사리처럼, 시 한 편 건지기 위해 마음의 강물에 낚싯줄 던져보지만 미동조차 없이 파문만 번져가네요.

불면의 밤을 지나

감청색으로 넉넉히 흐르는 강물을 하염없이 바라보고 있습니다. 어젯밤 잠이 오지 않아 밤새 뒤척이다 아침을 맞이했습니다. 불면 끝의 아침이지만 강물을 보고 있으니 안개 걷히는 것처럼 머릿속이 말갛게 정화되는 기분입니다.

자연은 그저 바라만 보아도 영혼을 정화시켜주네요. 백로 한 마리 외롭게 물 위를 날고, 고추잠자리 몇 쌍이 짝짓기하며 내 곁을 맴돕니다. 이른 아침인데 물가에 자리 잡고 시간을 낚는 이도 보입니다.

팔각정이 보이는 물가까지 걸어 나와 빠르게 흘러가는 강물 위에 당신 이름을 띄워 봅니다. 바람이 건들거리며 치맛자락을 흔들고 지나가네요. 뒤늦게 날아온 한 마리 덕에, 한 쌍을 이룬 백로가 물가를 걸으니 하얀 점이 촘촘히 새겨지며 한 폭의 그림이 됩니다.

사랑의 맛, 마음의 말

비가 오고 나더니 금세 가을이 익어버리네요. 탱탱하게 차오르던 열매들이 떨어지고 쌓이는 나뭇잎의 손짓이 바람 앞에 이별을 고합니다. 어김없이 찾아오는 계절 앞에서 우리도 또 한 해를 갈무리 해야겠지요.

세월이 오가는 것을 자연이 보여주듯 사랑이 오가는 것을 보여주는 것은 무엇일까요. 풋과일처럼 수줍고 떫고 여린 맛을 내던 말이 익어 지금은 맛있는 사랑의 말이 되었지요. 가을 한 줌 햇살에도 감사할 줄 아는 마음이 더 깊이 익어 홍시가 되면 큰 나무 위에 매달아 오가는 이들에게 자랑해야겠어요. 사랑이 이토록 아름답다고.

수채화

창 밖 은행나무들이 금빛 비늘을 눈부시게 털어내고, 녹슨 플라타너스 잎이 거리를 뒹구네요.

보문산 자락을 휘감고 돌아나가는 안개처럼 당신의 사랑이 나를 휘감아 깊이를 가늠할 수 없는 곳으로 몰고 가는 아침, 낙엽 쌓인 산자락을 걸었습니다. 계곡물에 앉은 나뭇잎 아래로 송사리 떼 한가로이 노니는 모습을 보며, 도란거리는 물소리에 푸욱 젖었습니다.

무거운 그리움 띄우며 흐르는 계곡 물에 당신 얼굴 풀어놓았습니다. 부산스러웠던 한 생애의 계절을 몇 번이나 더 보내야 우리는 맑게 건져 올려질 수 있을까요.

수신정지

말은 없었습니다. 약속도 없었습니다.
땅거미 지는 시간에 퍼져가는 그리움이란
애간장을 녹이며 뼛속까지 스며오는
사랑의 형벌입니다.
수없이 전화기를 열어보지만
님은 어디에 계신지 알 수가 없습니다.

사랑의 능력

내 사랑은 꽃이 되고 숲이 되고 낙엽이 되고 눈이 됩니다.
하얀 솜털구름이었다가 금세 먹장구름이 되기도 하고
햇빛 눈부신 날 천둥 번개를 동반한 소나기가 내리는가하면
달빛 출렁이는 은빛 강물이 되기도 하고
질퍽한 갯벌이 되기도 합니다.
내 사랑은 바람입니다. 흘러가는 강물입니다.
사랑은 영롱한 진주로 반짝이다가
풀풀 먼지 날리는 잿더미가 되기도 합니다.
사랑은 마음 허공에 걸어 놓은 등불 하나
사랑은 파도처럼 쉼 없이 밀려와 잠든 바위의 영혼을 깨우는 파도입니다.
사랑은 그렇게 스스로 바꾸면서 오늘도 내 안에서 찬란한 무지개로 피어납니다.

유년향기

겨울 산은 얼마나 아름다운가요. 허공으로 허공으로 가지를 내몰며 찬바람 맞고 서 있는 저 산허리들, 지난 계절에게 다 내주고 속을 훤히 드러내고 의연하게 선 저 표정들이 어찌나 경이로운지요.

어두운 옷으로 갈아입는 들길 위에 밥 짓는 냄새가 퍼지면 온 가족이 모여 호롱불 심지에 불 밝히고 소반에 둘러앉았지요. 낮에 홀로 산길을 걸었습니다. 정겨웠던 옛날이 그리워져서.

풍성한 나뭇잎에 가려 보이지 않던 산이 앙상해진 가지 사이로 속을 드러내듯, 어린 날의 모든 기억들이 순연하게 나를 바라보고 있었습니다. 어둠이 깔리기 직전, 흐려지는 산길 위로 겨울산은 침묵하고 있습니다.

새알심을 넣은 팥죽을 먹으며 액운을 쫓는 오늘, 앙상한 나뭇가지가 하늘 향해 두 팔 벌리고 침묵의 기도를 드리고 있습니다. 가지 끝으로 짧은 해가 동지를 넘어가고 있네요.

내 가슴에 지지 않는 향기로 남아있는 당신의 모든 것이 그리운 시간입니다.

만남

흘러가는 것들은 다시 돌아오지 않는다
시간 구름 강물 그리고 사랑
떠나간 자리 언저리엔
새로운 것들이 쌓여 흐르리라
영원히 돌아오지 않는 것은 얼마나 기막힌 아름다움인가
그대와 내가 이 세상 인연으로 다 할 수 없다면
겨울나무 되어 눈발 가득한 설야에
마음의 등불 하나 걸어두고 만나리
삭풍에 흔들리며 묵언의 대화를 나누는
참선의 겨울나무처럼 만나리
백설 한풍 휘휘 불어오는 동짓날 달빛 아래
서로를 보듬어 안고 서있으리
그렇게 만나리

제3부

아름다운 환영

배꼽을 외눈으로 뜨고 비스듬히 흘던
그녀의 손이 아래로 내려간다
바닷가에 아이들이 모래로 반죽하며 논다
모든 것의 투영인 반죽
그녀는 자신의 배설물 반죽하여 아름다운 벽지 만들고
도자기를 만든다
짙은 냄새가 방안을 돌아다닌다
아이들이 만든 모래성이 무너진다
보고 있던 그녀가 아이들에게 줄 간식을 만든다
맛있게 만든 쿠키를 주머니에 넣고
아이들 쪽으로 걸어간다
사방에서 짧고 강렬한 소리가 들린다
공포를 느낀 그녀가 주머니에 넣어둔 쿠키를 감싸 안고
마구 달린다

순간 걸음 멈춘 햇살이 거실을 읽고
묵묵히 끼어 있던 어둠의 서표들이 뛰어나온다
아이를 찾는 그녀의 손에 잘 반죽된 배설물이 씻겨
나가고
그녀는 잃어버린 쿠키를 찾아 거실을 맴돈다

낯선 여자

요양원에서 며칠만 모셔온 어머니
잠깐 나갔다 온 사이
이부자리며 현관이며
냉장고 음식 모두 꺼내 소꿉놀이 한다
수저 놓고 돌아서자마자
밥 달라신다

걸레질도 상차림도
소꿉놀인 줄 아는 내 어머니
엄마, 엄마, 나를 부르는데
세 밤을 겨우 건너 다시 요양원으로 보내드리고
온종일 잠만 잤는데

고양이 한 마리 머리맡에 웅크린다
새끼 고양이 네 마리 앞세워
내 머리를 핥는다

놀라 깨어보니 창밖 어둠이 내려와 있고
미처 챙겨드리지 못한
어머니 목도리가

벽에 걸린 채 나를 보고 있다

청상과부로 아이 넷 키우며
힘들게 살아오시다
다 키운 자식 하나 앞세워 보내더니
불현듯 낯선 여자 된 어머니

잃어버린 기억조차 못 찾아주는
이런 게 자식이라니

바람의 언어

깃발처럼 나부끼는 기억을 밀어내며
해발 삼천이백미터 산의 팔백여 개 계단을 오르면
마주하는 바람의 성지

인생, 잠시 머물다 돌아가는 찰나
다 이루어질 것 같아
빌고 또 빈다

어제와 내일이 조우하면
풀 한 포기도 꺾지 못하는 애틋함으로
꽃 한 송이 선물하는 것

시간의 무게조차 가볍고
큰 소리로 번지는
침묵의 별리만 남아
몸은 허공이 된다

급하지 않고
게으르지 말고

살아가라고 타이르는
바람의 언어

나를 찾아서

교통사고로 그를 잃고
나는 산으로 들로 돌아다녔다
역 대합실에 나가 오지 않는 누군가를 기다리고
어디로 가는지 모른 채 기차에 몸을 던져 밤새 달리기도 했다
밤이면 현관문을 열어놓고 누군가를 기다리고
버릴 것도 잊을 것도 없는데
머릿속엔 무언가 가득 들어 있고
가슴은 텅 빈 채 바람만 불었다

잊어버린 건 세상에 있어도
잃어버린 건 세상에 없는 것이다

누구든지 만나 차도 마시고 이야기도 나누고
늦게까지 술을 마시고 거리를 쏘다녔다

비가 와서 한잔
눈 내리면 또 한잔
바람 부는 날은 바람이 불어 또 한잔했다

그가 떠난 자리에 새순이 돋을 때까지
나는 없고 누군가 내 인생을 살고 있었다

가는 봄

목련이 걸어온다
하얀 교복 입은 소녀가 온다

꿈이 고이고 사색이 고이고
못내 울음 터트리듯 피어난 목련

비구름 비껴가고
동쪽 해 빛나니
오색 빛 봉사와 동백꽃 자태에
연정을 띄운다

목련도 아니고 동백 아닌 것이
살아온 세월 받은 건 사랑뿐이다
받았던 사랑 다 돌려주고 가야 하는데
내게 남은 시간 얼마나 될까

꽃 떨어진 자리
다시 동백은 피고
고개 드는 목련 한 송이

통증날개

일주일에 삼일
세상 것 버리고 오는
산속 흙 나무집

텃밭 푸성귀는 자라고
뒷담 장작더미 위에
눈이 덮이면
아궁이 불 지피는 위로
자유가 모락모락 피어오른다

담금질 당하고 살아온 세월 속
해진 양말처럼 육신이 너덜거린다

산새조차 떠나버린 적막
침묵만이 노래하는 시간

고요의 짐승들이
허기진 배를 채우고 간 텃밭이
발자국 잔치로 지쳐있다

죽음이 찾아와 놀다가는 밤
겁먹은 별이 잠든 척 어둠을 지킨다

닻줄

세월이 많이 남아 있는 줄 알았다

물고기가 네 발로 걸어 다닌다는 사실과
겨드랑이에 날개가 달린다는 사실을 알 때까지는

그날도 우리는 아침을 키우며
내일 전차가 올 것이라며 좋아했다

그가 떠났다 흰 수레를 타고 빗속으로 사라져 버렸다
길을 잃어버린 막막함이 스며들었다

막을 수 없이 흘러가는 시간 앞에 비밀의 방들이 열리고

정리되지 않은 생각이
무수한 귀로 다가와 내 안에서 웅웅 댔다

어둠 속에 태어난 새로운 것들이
방을 삼키는데

다시 시작할 수 없고 되돌아갈 수 없는
혼돈이 닻줄에 묶인 채 침묵하고 있었다

오월

여린 새순과 고목이 마주한 계절
나비처럼 나풀거리며 뛰어오르는 어린 것 쳐다보며
고목은 어린 새순의 옛날을 기억한다

뛰노는 아이들 머리 위로 튕기는 햇살
창을 따라 요양원 안으로 들어
누워있는 할머니 손에 내려앉는다

죽음이 마실 나가 찾아든 고요
생의 바깥으로 밀려 나간 고목은
하루를 천년인 듯 살았던 계절이 그립다

텅 빈 제 속을 들여다보는데
하얗고 예쁜 손 하나 카네이션 달아준다
감각 없는 눈동자와 마주치자 아이는
울음을 터뜨리며 달려 나가는데

고목에 파란 잎 돋는다
기억 잃은 눈동자가 아이를 쫓는다

꽃이 걸어오자 산이 붉어진다

숨어 있던 것들과 가까워진 한낮
거짓 없는 슬픔 앞에 한숨짓던 여자
문 활짝 열어젖히고
생명의 노래를 듣는다

끝이 아니라 시작입니다
古稀가 아니라 高喜입니다
기쁨의 자리에 함께해 주세요

나무가 가지를 뻗는 동안
적막이 키워낸 살빛
바람과 꽃잎으로 잠시 머물다 떠난다

당신들의 웃음이
산 벚나무보다 귀하다

저무는 일만 남은 세월
뭐든 시작하라며 훈장 달아주는
꽃들의 손을 기억하며

밤을 견딘다
삶이 붉게 웃고 있다

나비가 된 사람들

다음 생에 할 일을 정리해 놓았나
구름과 바람 사이를 떠도는 나비들

낯선 글자 쏟아 놓고
이승을 떠난 얼굴 서로 닮아간다

새로 날개 단 것들 하나씩 뛰쳐나와
풍경 속으로 사라졌다가
우주의 미아가 되어 다시 내려온다

어떤 날갯짓에는 울음이 없다

개나리와 황사가 함께 피어난 거리
붐비는 장례식장

차단된 빛 속 방전된 말들
기어 나와 어둠을 삼킨다

많은 생각이 머리칼처럼 자라는 시간
나도 나비의 꿈을 정해 놓았나

물고기가 된 아버지

서명 한번 잘못 한 죄로
해고당한 아버지는
물고기처럼
두 눈으로 말하다 죽어버렸다

모든 것이 다 멋대로다
서로의 가슴에 말로 생채기를 낸다

교활이 웃고 거짓이 춤추고
사기가 사기를 친다

누구도 말하지 않는다
상처 난 마음 서로 모른 채

썩은 생선에 몰려드는
저 파리 떼

노모

80년 성을 쌓아 오는 동안 다섯 명의 도둑이 들었다
첫 번째 도둑은 뒷문으로 몰래 들어와
7년을 들락거리며 제 몸만 살찌웠다
화가 난 주인은 뒷문을 막아 버렸다
둘째 도둑은 벌건 대낮 문 열고 들어와
온 성을 휘젓고 다니며 귀중품을 다 가져갔다
그 사이 좀도둑도 들어와 야금야금 파먹고 달아났다
놀란 주인이 성을 다시 쌓고 문도 겹겹이 닫아버렸다
오십 년 만에 큰 태풍과 홍수 범람하던 날
성은 주저앉고 말았다
불쌍히 여긴 한 도둑, 살짝 들어와
제 집 물건 슬며시 놓고 갔다
그날도 물건 갖다 놓고 나가다 담벼락 무너지며
그 자리에서 숨을 거뒀다
물건 훔치러 왔다는 누명쓰고 억울하게 죽었다
노모는 입을 닫고 앓아야 했다

전당포

칠십 년도 더 된 낡은 건물
가파른 삼층 계단 올라가면
작은 철제 창문 앞에
늙은 주인이 앉아 있다

시집온 지 몇 년 안 된 새댁
남편 사업 망하자
전당포 들락대며 쓸 만한 물건 다 갖다 주고도
결혼 예물로 받은 손목시계를 풀어야 했다

숱한 사연과 울음이
켜켜이 쌓인 전당포

그늘진 물건들 이름표 달고
주인 기다리는데
찾아오는 이 조차 뜸해진 그곳에
일생을 저당 잡힌 채 늙어버린 주인이 있다

역 건물도 바뀌고 기적 소리도 바뀌었는데

옛 모습 그대로 낡아 버린 전당포

어딘가에 저당 잡힌 우리네 삶도
그렇게 허물어지고 있겠지

눈부신 용서

유난히 추웠던 그해 겨울
대학 졸업 후 취직 안 되는 막막함 속에
다그치며 휘두르는 아버지의 폭행을 당하던 아들
험한 손짓 피해 몸을 가누다
아버지가 세상을 떠났다

어머니가
대신 죄를 뒤집어쓴 채
벌을 받았고

20년 감옥 사는 동안
누구에게도 속내 들키지 않으려
스스로 만든 침묵에 갇혀 살았다

출소 날 어머니는
날카로운 얼음 칼로
아들을 찔렀다

언 땅에 쏟아지는 눈부신 햇살

늙고 초라해진
어머니 앞에 무릎 꿇은 아들

둘의 어깨 위로 아지랑이가 피었다

유랑

초록을 밀어 올리는 순간
바람의 마음은 통하는 걸까

시작이 문제였다
허튼 희망도 내게는 없다

목까지 차오른 권태
싫다는 말 못하고
끝내자는 말 못한 채
벼랑만 찾고 있었지

어쩌자고 날아가는 바람을 잡고 있는가
밤새워 쓴 편지를
수십 번 쓰레기통에 비우고

언제나 제 자리 맴도는 말
오늘부터 방향을 바꾼다

봄

연분홍 눈망울로
생글거리던

너
변했다

큰 꽃잎 아니라고
투정하며
잎 떨구던

변심이
아름다운 걸

오늘 처음 알았다

회상

강물에 버린 세월 어디쯤 흐르고 있을까
열아홉 번 항암치료에 생을 맡기고

그가 떠나도
홀로 남겨지는 건 하나도 없다

우리도 가자
훌훌 벗어버리고 바람처럼 떠나자
이제 우리도 가자

강물소리가 잦아지는 건 생의 손짓
뜬봉샘에 서 금강 탁류까지
가깝고도 아득한 세월

그림자처럼 살아온 허상의 시간 다 버려두고
가자 기쁘게 떠나자

애초에 우린 없다
그림자고 안개다

흐르는 물이다
남아 있는 건 아무도 기억하지 못할 사랑뿐

선운사 동백

입춘이 지나자 나뭇가지마다
꽃망울이 터지기 시작합니다

다시 만나자는 안부 전화를 끝으로
당신은 오랫동안 소식이 없습니다

아침이면 뜰팡 오가며 발돋움했고
저녁에는 어둠 삼킨 강물을 바라보았습니다

잊을 수가 없습니다
붉게 물든 당신의 뺨을

온몸에 화상을 입는 거라 하셨지요
이 봄 다 가기 전에 만나러 가겠어요
한 마리 동박새가 되어서라도

강물처럼

우울한 날에는 강으로 간다
강물처럼 흐르며 간다

바람조차 갈 길 몰라 서성대고
슬그머니 햇살 한 자락 스며들어
마음이 따듯해지기 시작하면
강물은 그저 따라오라고
앞서 흐르기만 한다

가진 것 다 털어버린
마른 나뭇가지에
잠시 머물다 떠난 텃새의 떨림으로
강물은 거듭 잔기침을 한다

괜찮다 괜찮다
나를 타이르는 나무들의 속삭임

돌아오는 길에
속 다 비우고 안동 하회탈처럼
강물 위에 넉넉한 웃음 던진다

한 줌 햇살

졸고 있는 아침 햇살 깨워
어둠 속 눅눅한 생각
보송보송 말려놓았다

세상사는 일
서로의 가슴 어루만지며
빈 새벽을 열어놓는 것

구십 넘은 인생
헝클어진 기억의 방 열고
끝도 없는 실타래를 돌리며
주름살 위로 웃음햇살 뿌린다

"인생,
그거 참 아름다운 거야
꽃이었다가 열매였다가 낙엽이 되어
다 주고 떠나는 거지"

한 줌 햇살에 담긴 보리차 향이
요양원 거실 안을 따듯하게 데워주는 아침

■

시인의 시론

생명의식 추구와 시적 구현

노금선

1

생명이란 일체의 유기체에 존재하는 속성으로서 생물의 제반 활동을 일컫는다. 그러나 생명에 대한 본질적 이해란 결코 단순하지 않으며 어떠한 과학도 생명의 전체성을 설명할 수 없을 것이다. 생명에는 인식대상이 될 수 있는 대상생명(subject life)과 인식의 대상이 될 수 없는 인식 밖의 현상생명(phenomena life)이 있기 때문이다. 생명이 밖으로 드러나는 현상은 설명(elucidation)될 수 없고, 이해(appreciation)될 수 있을 뿐이므로 인간은 다만 생명의 깊은 뜻을 은유적이나 비유적인 표현을 통해 문학적 예술적으로 혹은 종

교적으로 이해할 수 있는 것이다.[1)]

시인은 자신을 둘러싼 자연에서 생명을 느끼며 살아가지만 생명을 유지하는 한 시간에 갇힌 스스로의 실존적 상황을 외면하기 어렵다. 더욱이 과학 문명의 발달과 함께 인간의 수명은 길어졌지만 인간만이 아니라 생태계 전체가 생명을 위협 받는 21세기의 현실은 시인들의 눈을 환경생태계로 돌리게 하였다. 물론 환경 문제만이 아니라 전쟁, 핵무기, 인구폭발 등의 많은 과제가 있고 인공지능과 같은 과학의 진보 역시 기대와 함께 불안한 전망을 가능케 한다.

현대를 사는 시인으로서 나의 시적 동기는 자연애와 생명의식을 논외로 하고는 설명할 길이 없다. 해방공간과 전쟁, 그리고 전후의 궁핍한 사회 현실을 살아야 했던 세대로서의 모든 체험과 기억들은 고난의 아픈 상처를 남겼지만 동시에 생명의 소중함과 존엄을 마음 깊이 새겨주었기 때문이다. 따라서 시적 화자의 시선이 과거에 머물고 때로는 사회의 폭력과 억압, 부조리함을 고발하며 현실에 대한 목소리를 높이고 있는 것 역시 한 사람의 역사적 주체로서 겪어야 했던 우리 민족의 역사와 현실이 나름대로 반영되어 있다고 볼 수 있다. 더욱이 민족 분단이라는 고통 속에 오랜 시간 간직해온 가족에 대한 그리움과 애틋함을 가슴에

1) 진교훈, 『철학적 인간학연구』(2), 경문사, 1994, 12~14쪽.

품고 현실을 극복하며 살아야 했던 비극적 현실은 아직도 여전히 현재 진행형이기 때문이다. 이처럼 반세기가 지나도록 변화하지 않는 현실 속에서 시적 화자의 상상력은 '지금-여기'에서 이루어지나 그것은 곧 시간적으로 과거와 미래를 잇고자 하는 꿈과 소망의 결집이며 새로운 도약의 몸부림이라 할 것이다.

인간은 지구상의 동물 가운데 기본적인 생존에 필요한 것 외에 삶의 목적이나 경험적으로 드러나는 겉모습을 넘어 존재의 본질에 관한 물음을 스스로에게 묻는 유일한 존재로 알려진다. 그러므로 인간은 외면적 삶만이 아니라 내면적 삶 속에서 끝없는 갈등과 모순 속에 처하게 된다. 이렇듯 인간의 삶은 이상과 현실 사이의 갈등이나 대립 위에서 유지될 수밖에 없고 우리가 직면하는 이 세계 자체는 서로 상반되는 것들의 모순이나 충돌 속에서 드러난다.[2)] 이렇게 본다면 시인이란 누구보다도 이런 양극성 사이에서 방황하는 외로운 영혼일 수밖에 없다. 내 시의 시적 화자가 탄생과 죽음 사이 삶이라는 경계에서 끊임없이 반복되는 사회적 갈등과 외압, 억압과 폭력, 그리고 이를 극복해야 하는 삶의 의지를 형상화하고 있는 이유도 여기에 있다. 아울러 시의 근저에 영성적 혹은 종교적 메시지가 담겨 있는 것은 생명, 탄생, 성장, 과거, 현재, 죽음

2) 김완하, 『한국 현대시의 시정신』, 새미, 2005, 227쪽.

과 같은 시간의 흐름 속에서 끊임없이 희망의 메시지를 발견하려는 노력의 결실이라 할 수 있다.

나의 시에는 해방공간 이후 오랜 동안 체험해 온 외부 세계의 폭력, 어두운 현실이 뒤섞인 힘겨운 유년 시절이 형상화되어 있으며 장년기에 이르러 20여 년의 세월 동안 노인 전문 요양원을 운영하며, 삶과 죽음의 경계에 놓인 생명을 보살피며 바라보는 시선에 이르기까지 시인의 모든 생체험이 깃들어 있다. 그러나 일관되게 강조하고자 한 것은 본능적일만큼 간절한 생명의식과 사랑이었다. 생명은 진정한 삶의 근원으로서 강력한 감성을 불러들인다. 물론 이러한 감성에는 행복한 감정은 물론 기쁨, 평화도 있지만 불안, 초조, 공포, 경외감 등 인간의 모든 감정이 포함된다. 작가가 자기 작품을 평가할 수는 있으나 그에 대한 객관적이고 합리적이며 체계적인 논리적 근거와 설득력을 성취하기는 매우 어렵다.[3] 그러나 생명의식은 생명을 지닌 모든 것들을 포용하려는 합일성을 지향하며 그것이 곧 궁극적인 사랑이라고 나는 확신한다. 신, 우주, 자연, 생명 이 모두의 궁극은 사랑인 셈이다.

인간에게는 자기 자신을 인식하기 전에 사물을 인식한다는 본성이 있다. 그러나 중요한 것은 자기 자신의 체험이다. 새로운 것을 발견한다는 것은 의식에 자리

3) 김은전 외, 『현대시교육론』, 시와시학사, 1996, 77쪽.

하고 있건 아니건, 과거로부터 비롯된 시선이다. 인간애와 함께 자연애가 작용하는 이유도 여기에 있는 게 아닐까. "古稀가 아니라 高喜"(「꽃이 걸어오자 산이 붉어진다」일부)를 맞이한 시인이 지난 시간을 회상하고 기억하며 현재를 살아가는 모든 이들에게 건네는 위로이자 희망이 담긴 삶의 메시지가 나의 시라 할 수 있다.

2

시정신이란 한 편의 시가 창작되기 전에 시인이 지닌 시적 감동의 내용을 가리키며 한 마디로 시 창조의 정신이라 할 수 있다. 영어로 한 편의 완성된 시를 poem이라 하는데 창작 이전의 시적 감동의 내용은 아직 시가 아닌 시 창작의 원류인 셈이다. 시를 뜻하는 영어 poetry는 희랍어 poiesis에서 유래되었으며 한자어 詩라는 단어가 言 +寺(持)이듯 이 또한 언어로 이루어지는 창작이라는 뜻을 지니고 있다.

나의 시는 주된 시정신과 상상력이 '생명의식'과 '사랑'으로부터 비롯되었다. 이 경우 생명의식이 한국사상과 시의 전통에서도 크게 벗어나지 않는 것이라 할 수 있겠다. 유기체로서의 삶을 영위하는 한 사람의 시인은 자신을 둘러싼 자연뿐 아니라 사상과 전통의 관습과 환경 속에 그의 생명의식을 드러내기 마련인 까닭이다.

우리가 사는 세계는 이원화된 양극성을 특징으로 한다. 그러나 이러한 양극성은 자석의 두 극처럼 하나가 두 극으로 나누어지지만 동시에 서로가 상대를 자기의 존재 조건으로 하는 관계에 있다. 기독교 성경은 범사에 기한이 있고 천하만사가 다 때가 있나니 날 때가 있고 죽을 때가 있으며 심을 때가 있고 심은 것을 뽑을 때가 있다고 설명하고 있으며, 우리나라에 가장 큰 영향력을 끼친 중국사상에서도 태극이 음양으로 나뉘고 음양에서 오행이 생겨나고 그것들이 교묘하게 결합, 교감하여 만물을 낳고 만물을 생성하는 그러한 상생의 조화작용을 기의 본질로 정의한다.[4] 이원화된 양극성이 바로 우주의 원리인 셈이다. 이렇게 본다면 삶과 죽음조차 별개의 것이 아니라 죽음 또한 삶의 일부분이며 삶 또한 죽음을 향해 가는 자연스러운 과정인 셈이다. 주역에서도 또한 자연이 지닌 가장 아름다운 덕은 생명의 창달이라 주장하면서 자연의 세계는 생명이 충만해 있으며 모든 도덕의 근거가 되는데, 이는 대립자의 상호소통, 상호교섭을 통한 화합, 그리고 영원한 흐름으로 나타난다고 설명한다.[5] 이렇게 본다

4) 야마다 케이지, 김석근 역, 『주자의 자연학』, 통나무, 1991, 297~298쪽.
5) 곽신환, 『주역의 이해 – 주역의 자연관과 인간관』, 서광사 1990, 120쪽.

면 생명의식을 바탕으로 한 생명존중의 의식이야말로 우리 사회에 가장 먼저 자리 잡아야 할 문화임을 알 수 있다. 나아가 이러한 생명의식이 왜 시적 지향의 정신으로 담겨 있는지도 이해할 수 있을 것이다.

따라서 나의 그동안 시에서 사랑과 생명에 대한 이야기를 주로 다루었고, 불특정 타인에 대한 그리움을 시간의 흐름과 계절의 변화, 자연물에 투영하여 새로운 풍경을 만들어내고자 했음을 확인할 수 있다. 그리고 나의 최근 시에 나타나는 작은 변화라면 자연과 이치, 삶과 깨달음, 아가페적인 사랑과 아름다운 메시지가 주를 이루었던 기존 작품에서 더 나아가 시적 대상들에 더욱 깊은 접근을 시도하고자 한다는 것이다. 초기에는 삶의 아름다움과 희망적인 지점을 이야기했다면, 최근에는 치열했던 과거의 삶을 회상하고 우리 사회의 모습을 고발하거나 그러한 환경에서 형성된 인간의 어두운 내면을 다루고자 하는 것이다. 이는 곧 역동하는 자연으로부터 전해 받은 메시지를 아름다운 언어로 보여주었던 지난 작품과 달리 묵혀두었던 과거를 꺼내 현대 사회를 살아가는 이들을 위로하려는 의도라 할 수 있다.

오랜 시간에 걸쳐 삶과 사투하며 목격해온 내 내면의 장면들은 자연, 인간, 외면, 즉 모두의 삶과 맞닿아 있다. 삶과 죽음이라는 경계에서 살아가는 모든 생명체는 시간이 흘러도 결국 같은 양면성을 지니기 때문이다. 따라서 시간이 흐를수록 작품 속에 삶과 죽음에 대한 의식이 강하게 반영됨을 알 수 있다.

3

그동안 나의 시는 생명의 본질적 이해가 가능한가라는 물음으로부터 시작하였다. 이어서 생명의 깊은 뜻은 은유적이거나 비유적인 표현을 통해 문학적 예술적 혹은 종교적 영역에서만 이해할 수 있음을 밝혔다. 그리고 해방공간 이후 현대사를 생체험하며 살아온 시인의 과거적 삶과 미래지향성에 생명의식과 사랑이 작용하고 있으며 이것이 곧 창작 동기라 할 수 있다. 시정신과 시적 지향에서는 이원화된 양극성이 바로 우주의 원리임을 확인하면서 생명의식을 바탕으로 한 생명존중의식이야말로 우리 사회에 가장 먼저 자리 잡아야 할 문화임을 확인하고 바로 여기에 시적 지향과 시정신이 있다고 본다.

시세계의 전개는 생명의식의 양극성과 초월성에서 그 특성을 세 가지로 유형화할 수 있다. 상실의식과 회상의 공간의식, 회귀의 시간성과 치유의 상상력, 죽음에의 순명과 초월의식 등의 항목이 그것이다. 특히 인간의 상실감과 과거 회상에서는 실존적 아픔을, 회귀의 시간성과 치유의 상상력에서는 위로와 치유의 세 가지 요소로서 '생명', '사랑', '바람'을 추구하였다. 죽음에의 순명과 초월의식에서는 기독교적 영혼의 문제를 중심으로 살필 수 있다. 결국 나의 시편에는 해방 이후 체험해 온 외부 세계의 폭력, 어두운 현실이 뒤섞인 힘겨운 유년시절이 형상화되어 있으며 장년기에 노인 전문 요양원을 운영하며, 삶과 죽음의 경계에 놓인 존재들을 보살피며 바라보는 체험이 깃들어 있다. 특히 시적 화자는 시인이 체험한 상실감과 과거 회상, 위로와 치유의 시간, 죽음의식과 초월의식 등을 고백하거나 형상화함으로써 내면의 아픔을 이야기해 오히려 타인의 고통을 치유하고자 하는 것이다. 바람과 죽음의 이미지를 통해 역설적으로 생명의 신비와 환희를 노래하거나 계절의 흐름과 순환에 대한 인식적 성찰 과정이 곧 '나'의 정체성을 찾아가는 시적 인식 과정이자 내면으로의 탐색이라는 점에서 시적 지향과 시창작의 핵심이라 할 수 있다.

시인의 상상력은 주관적인 것과 객관적인 것을 융합하는데 놓여 있다. 시인은 항상 깨어 있는 판단력과 냉정, 열정 및 감정 사이의 통합을 지향한다. 이러한 융합 이미지는 대립되는 것들 혹은 조화되지 않은 것들 사이의 균형, 그리고 동일함과 상이함 사이, 일반적인 것과 구체적인 것 사이, 개별적인 것과 보편적인 것 사이, 신기롭고 신선한 감각과 낡고 친숙한 사물 사이, 일상적인 감정과 비일상적인 질서 사이의 조화와 균형을 추구한다.

시인으로서 나는 의미와 신비의 이중성, 순수시와 참여시, 종교시 등, 근본적인 불가분성을 어떻게 표현해야 할 것인가. 서로 다르고 모순되는 요소들을 어떻게 유기적으로 융합하여 시를 구상하여 만들어 낼 것인가. 어떻게 서술적인 용어와 교리적인 용어에 가까워지지 않고 신앙 속에 내재하는 감정과 영혼의 깊이를 상징적으로 표현하여 전달할 수 있을 것인가 고민해 왔다. 요약하면, 순수 서정시를 포함하여 영적 신비를 거부감 없이 시적 의미를 긍정할 수 있을 것인가에 대한 시적 방법론이 내 시론의 핵심적인 문제이다. 그동안 일관되게 추구해온 생명의식과 사랑의 시정신이 새로운 소재와 제재와 기법들과 어울려 독자적인 세계를 지향하고자 하였다. 대자연과 시적 화자를 둘러싼 환경으로부터 얻는 삶의 교훈에서 나아가 시적 화자가 외부 세계와 개인의 갈등을 고발하고, 이 과정에서 삶의 본질을 발견하는 등 삶에 있어 더욱 능동적이고 주체적인 목소리를 보여주고 있음은 나의 차별화라 할 수 있다.

끝으로, 내 시상의 고향은 무엇보다 기독교적 영혼의 세계이다. 시인은 자신의 감성, 자신의 체험, 자신의 환상에 의존할 수밖에 없다. 시인이 암시하고 있는 유일한 진리는 자신이 느끼고 생활한 것이다. 바로 그 생활의 터전은 영혼의 고갈과 소생의 변증법을 야기시키는 희로애락 현장이다. 시인의 종교적 경험은 창조적으로 동화되어야 하며 다시 또 시인의 상상 속에서 구체화되어야 한다. 따라서 나는 나의 시를 '참여적 서정시'라고 표현하고자 한다.

■

해설

사랑의 능력, 절제된 미학

김완하(시인. 한남대 교수)

노금선 시인의 시로 다가가기 전에 다음과 같은 물음을 떠올려 본다. 사랑에는 끝이 있는 것일까. 우리에게 사랑의 끝은 어디인가. 아니면 그 끝은 없는 것일지. 그렇다면 사랑의 얼굴은 현재의 모습인가, 과거인가, 아니면 미래의 모습인가. 어쩌면 우리들은 이 같은 물음 앞에 한 생을 다 바치는지도 모른다. 봄이 오면 꽃이 피고 새가 울고 꽃은 진다. 그리고 다시 봄이면 떠났던 새들이 돌아와 상처 난 가지 위에 새로 피는 꽃에 앉아 노래를 한다. 어둠이 오면 새들은 날개를 접고 그 어둠을 응시하며 날이 밝기를 기다린다.

해가 뜨면 다시 목청을 높여 노래를 부른다.

그렇다. 그 새는 바로 시인이다. 아니 모든 시인들이다. 그러므로 노래하지 않는 새는 새가 아니듯, 사랑을 노래하지 않는 시인은 시인이 아닐 것이다. 생이란 미혹迷惑 속에서 어둠의 터널을 지나는 순간이라 비유할 수 있다면, 시인들은 독자들로 하여 그 순간을 견디게 하는 작은 빛으로서 사랑을 깨워주어야 한다. 그러니 유독 사랑을 향해 온몸을 열고 노래하는 시인 노금선의 시가 우리에게 새롭게 다가오는 대목이다. 그의 노래는 자신의 숲을 적시며 스스로의 목청을 넘어 세상으로 나아가 더 푸른 빛깔로 울려 퍼지며 뭇사람들의 가슴을 적신다.

그대 향한 생각
파도처럼 밀려와
가슴 저리니
환한 봄날조차 눈부시게 서럽다

알 수 없는 신비
불면으로 이어지는 갈증
강물처럼 흐르고

눈부신 아침
쏟아지는 달빛이 서러운 것은
오직 그대 때문
죽음조차 갈라놓을 수 없는

사랑은 축복이다

-「그대 생각」 전문

노금선이 간절한 사랑을 노래한 이 시에는 사랑의 역설적인 모습이 드러난다. 마지막 연에 "사랑은 축복이다"라고 표현하고 있지만, 그 사랑 안에는 환함과 서러움, 신비와 갈증, 눈부심과 서러움이라는 상호 모순적인 감정들이 복선으로 작용하고 있기 때문이다. 그것은 사랑이 가지고 있는 이중적인 얼굴과 그 의미를 지시하는 것이다. 사랑은 파도와 같고 봄날이나 눈부신 아침, 쏟아지는 달빛과도 같다. 왜냐하면 파도와 봄날의 격정이 솟구치다 사라지는 순간적 속성의 사랑을 닮았기 때문이다. 그리고 아침과 달빛의 화려함도 언젠가는 사라지고 만다는 순간성으로 사랑의 은유적인 비유로 이해할 수 있다. 이 시의 제목 '그대 생각' 에서도 사랑의 순간성과 인간의 감정변화를 읽을 수 있다.

그런 의미에서 노금선 시인은 사랑의 불변하는 의미를 찾고자 고심하였다. 그러한 노력은 그의 시에서 이미지를 통해 형상화되고 있는 것이다. 아래 시에는 '조약돌' 과 '가을 강' 이라는 자연의 이미지를 통해 접근하고 있다.

조약돌 투명한 가을 강에

나를 씻는다

덕지덕지 붙어 있는
영혼의 때 씻어버리면
물보다 더 맑은 세상 보이고
풀빛 기쁨 넘친다

겸손치 못하고
절제하지 못한 채 살아온
오만과 방종 다 씻어내고
텅 비어 더 없이 깨끗한
가을 강

내 영혼 어디쯤에도
이렇게 맑은 강 흐르고 있을까

-「가을 강」 전문

이 시는 일상의 흐름과 변화 과정을 견디고 남은 이미지들을 중심으로 전개되고 있다. 그 대표적인 것이 '조약돌'과 '가을 강'이다. 거대한 암벽이 무너져 내려서 계곡으로 구르던 바위가 시간과 공간의 변화를 통해 서서히 작아지고 마침내 조약돌로 변하는 과정이란 우리 생의 연속으로 보아도 무난할 것이다. 또한 가을 강이란 겨울의 눈 녹은 물이 계곡을 흘러 시내를 이루고 마침내 강으로 흘러드는 과정으로 가을이라는 완성의 시간으로 다가온다. 가을은 비움의 시간이다. 자연의 완성으로는 오곡백과가 익는 결실로 보이지만 그러나 봄과 여름의 무성했던 자연의 성장과정이 화려한 외양을 지우고 내면의 욕심을 비워버린 뒤에 도달하는 정신적 단계라 할 수 있다. 이러한 것은 시인이 도달한 생의 단계와도 맞닿는 것이라 할 수 있다.

그러고 보면 시인이 추구하고자 하는 사랑은 봄의 풋풋함이나 여름의 무성함을 지닌 사랑이 아니라, 비움으로 서늘함을 지닌 가을의 사랑이라 할 수 있다. 그것은 외관상 화려하게 드러나는 사랑이 아니라, 그것을 떨구고 비운 뒤에 새롭게 고이는 맑은 사랑이다. 그것은 우리 영혼 속으로 흐르는 맑은 강이다. 그것은 격정이나 열정을 넘어선 영혼의 진정한 사랑이다. 그것은 스스로를 그 구속에 가두고 소유하려들지 않고 열린 사랑이다. 노금선 시인은 그것을 일러 사랑의 능력이라 이르는 것이다.

> 내 사랑은 꽃이 되고 숲이 되고 낙엽이 되고 눈이 됩니다.
> 하얀 솜털구름이었다가 금세 먹장구름이 되기도 하고
> 햇빛 눈부신 날 천둥 번개를 동반한 소나기가 내리는가 하면
> 달빛 출렁이는 은빛 강물이 되기도 하고
> 질펀한 갯벌이 되기도 합니다.
> 내 사랑은 바람입니다. 흘러가는 강물입니다.
> 사랑은 영롱한 진주로 반짝이다가
> 풀풀 먼지 날리는 잿더미가 되기도 합니다.
> 사랑은 마음 허공에 걸어 놓은 등불 하나
> 사랑은 파도처럼 쉼 없이 밀려와 잠든 바위의 영혼을 깨우는 파도

입니다.

사랑은 그렇게 스스로 바꾸면서 오늘도 내 안에서 찬란한 무지개로 피어납니다.

-「사랑의 능력」 전문

이 시에는 사랑의 다양한 모습들이 변화무쌍함으로 표출되어 있다. 그것은 '꽃, 숲, 낙엽, 눈, 솜털구름, 먹장구름, 햇빛, 천둥 번개, 소나기, 달빛, 강물, 갯벌, 바람, 진주, 먼지, 잿더미' 등으로 몸을 바꾸기도 한다. 우리에게 사랑은 그만큼 다중적인 모습으로 다가오는 것이다. 그러므로 시인은 사랑을 "마음 허공에 걸어 놓은 등불 하나"이자, "파도처럼 쉼 없이 밀려와 잠든 바위의 영혼을 깨우는 파도"라고 비유적으로 제시하였다. 사랑은 허공처럼 빈 공간에 걸어두는 등불이기도 하고, 파도처럼 쉬지 않고 밀려와 부서지며 바위처럼 견고한 영혼을 깨우는 것이라고 하였다. 그러므로 사랑의 능력이란 우리 최상의 정신적 가치를 지향하는 것이라 하겠다.

그러나 사랑의 완성된 능력은 없는 것이다. 시인은 "사랑은 그렇게 스스로 바꾸면서 오늘도 내 안에서 찬란한 무지개로 피어납니다"라고 하였다. 그러므로 진실을 향해 순간적인 변화를 넘어서 열리는 항심과 평정심 바로 그것이 사랑일 것이다. 그것은 자신의 내면에 이는 모든 감정을 다스리고 인내하며 견뎌내는 마음이다. 일곱 가지 색깔이 조화를 이루어 무지개를 펼치듯 내면의 복합적 감정의 조화를 넘어 승화를 거치며 이루어내는 무지개. 그것이 곧 사랑의 능력인 것이다. 어쩌면 사랑은 죽음 앞에서 진정한 모습으로 드러나는 것인지도 모른다.

신은 죽음이 가까워진 나이에 세월을 더 빨리 지나가게 하여 죽음을 미처 떠올리지도 못하게 만드는 것 같네요. 더 늙은 훗날, 후회하지 않으려면 사랑만큼은 잊지 말고 고이 간직해야겠지요.

사랑하는 그대여, 봄바람 한 움큼 흩뿌리며 봄이 옵니다. 떠나간 겨울이 은빛으로 수놓았던 산천에 오늘은 황사가 꽃망울 뒤덮으며 흩날리고 있습니다.

3월의 끝에서 동백꽃은 시들기 전에 땅에 뚝 뚝 떨어집니다. 떨어진 채로 며칠을 더 붉게 타오르다 퇴색되지요.

동백나무는 1년 365일 푸른빛을 잃지 않다가 겨울이면 붉은 꽃을 피워내고 그러다 봄이면 사무치게 그리운 님 따라 붉게, 붉게 떠나갑니다.

내가 세상을 떠나게 된다면 동백꽃처럼, 죽어서도 얼마 동안 그대 향한 마음 간직했다가 또 다시 그대 곁에서 동백으로, 끊임없이 피고 질 것입니다.

–「다시, 동백으로」 전문

이 시에는 노금선 시인이 사랑의 대표적인 객관적 상관물로 '동백'을 형상화하고 있다. 그만큼 이 시는 시인의 사랑에 대한 정서가 심층적으로 표현된 절창이라 말할 수 있다. 첫 행에서 신은 인간이 죽음 가까운 나이에 세월을 더 빨리 흐르게 하여 죽음을 떠올리지 못하게 한다고 제시한다. 시인에게도 죽음은 사랑으로서도 넘을 수 없는 것으로 이해한다. 그러기에 더 늙은 날에 우리 생을 후회하지 않으려면 사랑만은 깊이 간직해야겠다고 다짐한다. 이러한 상상력은 동백의 역설 속에서 매우 감동적으로 다가오고 있다. 동백꽃의 생태적 모습은 매우 상징적으로 파악된다. 가령 꽃들은 활짝 피었다가 절정을 지나면서 시들어 추레한 모습으로 떨어진다. 그러나 동백은 절대 그렇지 않다. 그것은 꽃이 핀 절정의 순간에 뚝, 뚝 땅으로 떨어져 뒹군다. 또한 그것은 봄 오기 전에 피어났다 봄이 떠나기 전에 사라진다. 이렇듯 사랑은 그러한 희생을 통해서만 구축되는 것이다. 그러기에 시인은 동백꽃의 상징 속에 그의 사랑의 여운을 깊이 새겨두고자 하였던 것이다.

그러한 점에서 노금선 시인의 사랑이란 절제된 미학으로 드러난다, 그것은 생의 흐름을 모두 감싸 안고 희로애락을 경험한 뒤에 열리는 정신세계라 할 수 있다. 그것은 앞서 밝혔듯이 가을로 통하는 단계로 파악된다. 시인은 시 「가을 숲으로」에서 시인의 생과 연관된 사랑의 조화로운 모습을 숲으로 표현하고 있다. 시인은 자신의 삶을 이제 산을 내려오는 단계로 이해한다. 그리고 산을 오르는 과정에서 올라갈 때와 내려올 때의 심정 변화가 눈길을 끈다. 시인은 그동안 산을 혼자 오르면서 바람에 고민 한 켜씩을 벗어놓았다. 그렇게 자신을 벗어놓는 과정이었으나 돌아오는 길은 혼자가 아니라 했다. 억새들이 펼쳐놓은 가을이 따라온다고 한다.

이렇게 힘겨운 과정에서 겪는 시간들을 인내하고 도달하는 단계의 사랑. 그것이야 말로 소유로서가 아닌 존재로서의 사랑을 의미하는 것이다. 노금선 시인은 다음의 시에서 그러한 면모를 엿볼 수 있게 한다.

숨어 있던 것들과 가까워진 한낮
거짓 없는 슬픔 앞에 한숨짓던 여자
문 활짝 열어젖히고
생명의 노래를 듣는다

끝이 아니라 시작입니다
古稀가 아니라 高喜입니다
기쁨의 자리에 함께해 주세요

나무가 가지를 뻗는 동안
적막이 키워낸 살빛
바람과 꽃잎으로 잠시 머물다 떠난다

당신들의 웃음이
산 벚나무보다 귀하다

저무는 일만 남은 세월
뭐든 시작하라며 훈장 달아주는
꽃들의 손을 기억하며
밤을 견딘다

삶이 붉게 웃고 있다

-「꽃이 걸어오자 산이 붉어진다」 전문

노금선 시인은 위 시에서 사랑은 절대 "끝이 아니라 시작"이라고 선언하였다. 그것은 어쩌면 죽음을 넘어서는 것일지 모른다. 그런 점에서 이 시는 그동안 노금선 시인이 사랑을 노래해온 시 가운데서도 그의 사랑을 더 깊이 있게 펼쳐 보여주는 시라고 말할 수 있다. 이 시에는 한 '여자'가 등장하고 있다. 그것은 바로 노금선 시인 자신의 모습으로 파악할 수 있다. 그런 점에서 이 시는 자신의 시적 자화상이라고 할 수도 있다. 이어지는 행에서 그는 "古稀가 아니라 高喜입니다"라는 구절로 반전을 꾀한다. 이 부분에서 알 수 있듯이, 고희古稀를 칠십 세로 파악하여 절대 나이가 많다는 것으로 이해하는 것이 아니다. 오히려 고희高喜라고 인식함으로써 참다운 기쁨으로 맞아들이고 있기 때문이다. 우리가 알고 있는 노래 가운데 노년은 늙어가는 것이 아니라, 익어가는 것이라는 부분이 있다. 이렇듯이 노금선 시인은 생에 대한 체험의 깊이와 높이를 통해 사랑의 새로운 깨달음으로 도달하는 것이다.

마지막 행에 이르면 이제 시인이 자신에게는 저무는 일만 남은 세월이라고 한다. 그러나 뭐든 시작하라며 훈장 달아주는 꽃들의 손을 기억한다고도 하였다. 그렇다면 시인에게 무엇이든지 해야 할 것이 사랑이라는 점은 일러 무엇 하겠는가. 그래서 시인은 다시 힘겹고도 두려운 밤을 견디게 되는 것이다. 그리고 그렇게 하여서만 삶이 붉게 웃을 수 있다는 것이다. 그렇다. 그때 시인을 향해서 꽃이 걸어오자 산이 붉어지는 것이다. 꽃은 시인 자신으로 이해할 수 있고, 산은 우리 생으로 파악할 수 있는 것이다.

노금선 시인은 이제 진정으로 사랑의 능력을 갖게 된 것이다. 그것은 앞서 보았듯이 생의 우여곡절과 좌충우돌을 넘어서 도달하게 된 새롭고 높은 단계를 의미하는 것이다. 그리고 그러한 곳에서 표출되는 그의 시는 이제 절제된 미학으로 나타나는 것이다. 그러므로 앞으로도 노금선 시인은 이 사랑이라는 주제를 통해 자신의 생에 대한 다양한 체험을 깊고도 넓게 펼쳐 내리라고 믿게 되는 것이다. 진심으로 그의 생이 古稀가 아니라 영원한 高喜이기를 기대하며 시집 발간을 축하하는 박수를 보내드린다.

시와정신시인선 31
꽃이 걸어오자 산이 붉어진다

초판 1쇄 | 2020년 4월 15일

지 은 이 | 노금선
펴 낸 곳 | **시와정신**
주　　소 | (34445) 대전광역시 대덕구 대전로1019번길 28-7
신창회관 2층
전　　화 | (042) 320-7845
전　　송 | 0504-886-8861
홈페이지 | www.siwajeongsin.com
전자우편 | siwajeongsin@hanmail.net
공 급 처 | (주)북센 (031) 955-6777

ISBN 979-11-89282-24-0 03810

값 9,000원